U0628692

大风诗丛

徐向中 主编

酒之雅

马广群 赵景华 主编

中国书籍出版社
China Book Press

图书在版编目（CIP）数据

酒之雅 / 马广群，赵景华主编． -- 北京 ：中国书籍出版社，2023.11

（大风诗丛）

ISBN 978-7-5068-9647-4

Ⅰ．①酒… Ⅱ．①马… ②赵… Ⅲ．①诗词－作品集－中国－当代 Ⅳ．① I227

中国国家版本馆 CIP 数据核字（2023）第 216450 号

酒之雅

马广群　赵景华　主编

策划编辑	毕　磊
责任编辑	毕　磊
责任印制	孙马飞　马　芝
封面设计	郝　丽
出版发行	中国书籍出版社
社　　址	北京市丰台区三路居路 97 号（邮编：100073）
电　　话	(010)52257143(总编室)　　(010)52257153（发行部）
电子信息	eo@chinabp.com.cn
经　　销	全国新华书店
照　　排	徐州盛景包装设计有限公司
印　　刷	徐州市环城印刷有限公司
开　　本	787mm×1092mm　1/16
字　　数	1763 千字
印　　张	138
版　　次	2025 年 2 月第 1 版　　2025 年 2 月第 1 次印刷
书　　号	ISBN 978-7-5068-9647-4
定　　价	560.00 元（全 7 册）

悠悠雅韵　浩浩诗风

——《大风诗丛》总序

徐州，自《徐人歌》《大风歌》而后，两千多年来，风骚灿烂，作家星布，代出奇才，不可胜数。徐籍大家刘邦、刘彻、刘交、韦孟、刘细君、徐悱、刘商、刘孝绰、刘令娴、刘禹锡、李煜、陈师道、刘端礼、刘彦泽、陈铎、马蕙、李向阳、阎尔梅、万寿祺、李蟠、张竹坡、孙运锦、张伯英、祁汉云、王学渊、韩志正、周祥骏等，光耀史册，激励后来。

新中国建立，特别是改革开放四十多年来，经济发展，社会进步，生活安定，舆论宽松，中枢倡导弘扬优秀传统文化，推进精神文明建设，增强文化自信，故而吟诗填词，好者群出，一时比学赶帮，人才济济，结集成册，遂成时尚。近年来，徐州诗人荣获国家、省、市诗歌大奖者络绎不绝，所刊之诗词集，何止百部，真个前所未有。2013 年，徐州更是荣获"中华诗词之市"光荣称号，实为众星捧月之果，其华熠熠，遐迩争誉。

今年，柳振君、刘学继、王惠敏、李贤君、马广群、郑红弥、黄亮，联袂出版《大风诗丛》，这是徐州吟坛又一喜事。他们既有笔耕多年、声名远播的老手，也有写作不久，但才华不浅的中年，还有 1980 年代的后起之秀。

本诗用先扬后抑的手法，通过美丽的联想，选取鲜明的景物，寄托对慈母的怀念。尤其用反衬法，不说儿子思母，而是说母亲念儿，这就更增强了思母的沉痛感、浓重感。

《心泉流韵》是一幅五彩斑斓的抒情画卷，作者通过个人的切身体验，对生活进行理性的思考后，发而为诗，体现了爱国爱乡、致敬先贤、颂扬英模、讴歌至亲、咏赞山河等的博大情怀、高远眼光、清雅心境。有的恢弘大气，有的豪迈奔放，有的委婉曲折，有的情思绵邈，等等，内容丰富，文字真挚，情绪饱满，发人深思，给人启迪。

酒是人们不可或缺的特殊饮品和精神寄托，也是一种文明的象征，更是一条华夏民族礼乐文化的精神纽带。诗与酒、酒与诗，相亲相伴三千多年，无数先辈留下了关于酒的诗篇或典故，演绎出无数动人的故事。《诗经》中谈到酒的约 55 篇，"酒"字出现 63 处。《全唐诗》中有六千多首与酒有关，宋诗词中更多。这些作品，涉及生活的方方面面，是酒文化的重要组成部分，也是华夏文明中最

热情、烘托氛围最浓的一部分,成为中华民族的宝贵精神财富。

马广群、赵景华两位先生主编的《酒之雅》,是江苏"桃林酒杯"全国诗词大赛的集萃作品,选入诗词近400首。桃林酒历史悠久,文化底蕴深厚,自古享有"名扬齐鲁三千里,味占江淮第一家"的盛誉。作者围绕桃林酒、马陵古道、金银桂、老龙泉等地方特色,创作了不少精品力作,大大提高了桃林镇和桃林酒业的知名度和文化品位。本书旨在让广大读者了解欣赏获奖作品及参赛佳作,了解和分享桃林镇的悠久历史及深厚的酒文化,既为灿烂芬芳的酒诗历史增添了精彩一页,也为丰厚悠久的酒文化奉献了优美篇章。为此,笔者欣填一阕《醉高歌》以赞:

桃林美酒飘香,齐鲁江淮流响。承宾宴友情豪爽,谁不擎杯激赏。

风骚首首高昂,岁月悠悠过往。佳传欢伯欣凯唱,喜为皇尊鼓掌。

注:欢伯:酒的别称。皇尊,是42度"桃林窖藏"20浓香型酒名,曾获江苏白酒银奖。

徐向中

2023 年 10 月

3

前 言

桃林酒历史悠久，文化底蕴深厚，自古享有"名扬齐鲁三千里，味占江淮第一家"的盛誉。江苏"桃林酒杯"全国诗词大赛作品集萃《酒之雅》一书，带着浓浓的桃林酒香与读者见面了。此书的付梓，旨在更好地宣传大赛成果，让广大读者了解欣赏获奖作品及参赛佳作，了解和分享桃林镇的悠久历史及深厚的酒文化。

江苏"桃林酒杯"全国诗词大赛于 2014 年 2 月 8 日开始，在中华诗词论坛、香港诗词论坛、西双湖论坛、在海一方论坛、晶都诗词网以及《江海诗词》《东海日报》《东海诗词》等刊物上向全国发出征稿启事。至 6 月 30 日截稿，历时 5 个月，大赛征稿启事的浏览量达 5 万人次，关注人数之多、影响之大远远超出我们的想象。此次大赛共收到海内外 1500 多位作者的 3200 多首作品。参赛作品不仅遍布国内 34 个省、市、行政区，还有来自美国、澳大利亚等海外侨胞的参赛稿件。作者紧紧围绕桃林酒、马陵古道、

金银桂、老龙泉等桃林地方特色，精心构思，精心创作，踊跃赐稿，其中不乏著名教授和诗词大家精品。这无疑为桃林镇和桃林酒业增添了精彩的篇章，大大地提高了桃林酒的知名度和文化品位。

大赛开始后，参赛稿中陆续寄来。所收稿件由工作人员匿名编号打印，由省、市、县三家诗词协会推荐组成11人的评审委员会负责评审。在诗稿的评审过程中，经过了初评、复评和终评三个阶段。经过各阶段的评审后，最终在213首作品中评出一等奖一名，二等奖3名，三等奖6名，优秀奖30名。人围奖55名。在评选过程中评委们一丝不苟，对每一首诗都认真审查，反复比较，尽量做到没有遗珠之憾。严格做到只知编号，不知作者，直到所有奖项评完之后，由工作人员逐一核对获奖人的通信信息，并将诗词大赛评选结果在网上公布，听取意见，真正体现了公平、公正的原则。

《酒之雅》一书，共选入诗词395首，分三个部分。第一部分是获奖作品，共95首，其中等级奖10首，优秀奖30首，入围奖55首。第二部分是入选作品，共262首。即在获奖作品外的大赛稿件里，选取一部分相对较好的作品入选本书。第三部分是特邀嘉宾的作品，共38首。此

次大赛，除了各界参赛作品外，还得到了一些名家的认可，他们热情地发来作品表示支持，如现任南京师范大学文学研究所所长、博士生导师、中国韵文学会会长、中国宋代文学学会副会长、中国词学研究会副会长钟振振先生，京城诗人、当代诗词名家江南雨先生；中华诗词学会理事、上海诗词学会副会长兼秘书长、中国书法家协会会员、上海市书法家协会会员、《上海诗词》常务副主编汪凤岭先生；中华诗词网站站长、中华诗词论坛总编辑张弛先生，江苏省诗词协会诗刊《江海诗词》常务副主编陈永昌先生，副主编舒贵生先生等都发来了精彩的作品。这些作品为本书增了光辉。

中国名家书画院副院长李平安先生、中国诗书画院院长马牧先生所赐墨宝也为本书添了色彩。

在此，我们对以上各位名家表示衷心感谢！

在本书编选过程中，由于个别作品在发稿时，漏写地址或电话等，以至于迄今为止同作者无法联系，本书出版后，我们除保留他们的合法权益外，仍将继续想方设法与他们联系，以便他们能早日读到这本书。

赵景华

"桃林酒杯"全国诗词大赛获奖名单

一等奖：

何　鹤

二等奖：

杨玉田　　张晋玺　　周少泉

三等奖：

韩白圭　　孙树勇　　范义坤　　刘毕新　　张愚非　　薛玉涛

优秀奖：

邓寿康　　刘能英　　孟宪桥　　赵春歧　　孟广祥　　赵国山

戴大海　　蒋世鸿　　黄宁辉　　王运姣　　吕文芳　　李根华

弘　愚　　李勤绍　　夏邦栋　　李伟亮　　方　鸿　　俞爱祥

仇恒儒　　张明昭　　王家祥　　方宝玉　　赵亚平　　王　锵

周玉祥　　卢新宇　　术　军　　郑付启　　倪　慧

入围奖：

朱海清　　孙奎斌　　葛国治　　李荣华　　沈保玲　　高尚坤

倪昌盛　　苏　俊　　丁　纯　　沈利斌　　韦　勇　　白启寰

朱芳森　　黄红梅　　王加华　　黄文新　　李瑞河　　商怀祯

朱安民　　张春桂　　尹　波　　徐淙泉　　刘保贞　　郑万才

徐雨生　　钱卫娟　　陈恩科　　张德新　　赵　宏　　邓仲锦

刘若男　　江以虎　　朱玉明　　毛积成　　贾来天　　李　华

刘忠义　　李本奎　　熊国云　　孙忠凯　　何少秋　　陈明信

邵红霞　　孙同川　　张修美　　王德珍　　吴宝珍　　李　宝

郑丙罗　　周冠军　　卢象贤　　田盛林　　潘文彩　　赵春女

徐　辉　　王其秦　　宇钊玄子

目 录 CONTENTS

获奖作品
一等奖

何 鹤（北京）

浣溪纱·桃林古镇醉吟图

秋近马陵古道新，婆娑桂影绕香云。回眸疑是杏花村。
知老龙泉流妙句，向桃林镇借黄昏。今宵买醉一壶春。

二等奖

杨玉田（吉林）

桃林酒

畅饮桃林欲作仙，我歌我舞桂花前。
夕阳霞彩飘酡色，醉了人间醉了天。

张晋玺（四川）

咏桃林酒

古道烟尘远，桃林酒味浓。
投缘同一醉，知己尽千钟。
莫叹孙庞去，当如管鲍逢。
狂歌豪气在，佳酿豁心胸。

周少泉（广东）

桃林诗酒情（新韵）

桃林春涨醉酴酥，东海乘潮锦绣铺。

清气滋兰兴九畹，馨风折桂畅三都。

诗凝佳酿倾红雨，酒涌龙泉漫翠湖。

把盏登临歌盛世，马陵追日向新途。

三等奖

韩白圭（湖南）

题桃林酒

谁酿香醪第一家？黑龙潭畔酒旗斜。
春来入窖开坛舀，醉了山头万树花！

孙树勇（河北）

咏桃林酒

且把桃林作故乡，琼浆玉液浸柔肠。
三杯不晓愁滋味，一梦诗思到宋唐。

范义坤（广东）

桃林酒

奇酿长涵阆苑珍，马陵吉道濯嚣尘。

甑边玉露凝佳气，味里菁华赋好春。

两桂香邀东海月，千年泉润老龙身。

金樽且酌桃林绿，遥寄神州追梦人。

刘毕新（湖北）

行香子·咏金银桂

树大枝苍，叶绿花黄。喜金风，博采秋阳。应时吐艳，四溢清香。惹月儿瞧，云儿绕，鸟儿翔。

佛爷赐桂，意不寻常。自栽此，溢彩流光。而今小镇，远近名扬。慕酒之醇，业之旺，泽之长。

张愚非（江苏）

桃林酒

当年仗剑白云边，至此盘桓马不前。
十里桃林疑似画，三杯桂醑恍如仙。
浓醇回味春秋意，酣畅直书山海篇。
满窖风流千古醉，从兹乡梦系龙泉。

薛玉涛（江苏）

咏桃林酒

把盏桃林醉，风清日月新。
悠闲品浓淡，香梦一壶春。

优秀奖

邓寿康（广东）

访桃林镇

欲品桃林上苑浆，不辞千里路途长。

履痕未到桥头处，先醉春风老酒香。

刘能英（北京）

癸巳秋游桃林镇

黑龙潭畔马陵丘，玉液甘泉古井流。

容我提壶来沽酒，与君把盏便忘忧。

百年金桂陪银桂，一路徐州到海州。

日夜花香浮绿蚁，长教主客醉中秋。

孟先桥（河北）

赞桃林酒（新韵）

美名何以越千年，赖有龙泉佳酿传。
味厚引来天外客，花香诱动画中仙。
桃林赏月同酣饮，古道吟诗共梦车。
大圣重游惊又叹：逍遥还是马陵山。

赵春岐（河北）

蝶恋花·咏桃林酒

古酒沧桑听典故。誉满城乡，情洒千年路。小镇名声传百度，盈门远客频光顾。

丹桂飘香邀玉兔。极品琼浆，盛宴芬芳吐。沉醉家山春永驻，心碑镌刻桃林赋。

孟广祥（北京）

一剪梅·古镇桃林

巧酿千秋琥珀光，瓮里生香，画里生香。桃林古镇出琼浆，简上名扬，世上名扬。

水秀山清友谊长，主亦传觞，客亦传觞。怀高梦远铸辉煌，添彩晶乡，添彩龙乡。

赵国山（河北）

咏桃林酒

蟠桃本自出瑶池，谁采精华入酒卮？
常为晶都增艳丽，更教古道显神奇。
史长犹记帝王爱，誉远岂惟苏鲁知。
盛世当邀天下客，桂花香里赋新诗。

戴大海（河南）

题桃林酒

且投苏北洗尘心，乍入海西何处寻？
不觉山家通桂巷，但经野岸接桃林。
龙泉一曲流来古，马道千年走到今。
欲访伯伦同此醉，金银树下自长吟。

蒋世鸿（广东）

咏桃林酒

春光酿酒醉桃林，玉露甘霖直沁心。
但以风流酬远客，全凭雅量赠知音。
天涯兴会千杯浅，座上情归一味深．
其饮楼台明月起，沉酣犹是对相斟。

黄宁辉（湖南）

题桃林酒

东海交游妙趣长，马陵古道挹醇香。
和声金鼓龙泉韵，摇影觥筹桂月光。
风物洗忧惊造化，人生入味品高粱。
饮酣豪气连云阙，不负桃林有杜康。

王运姣（山东）

桃林酒赞

山清存爽气，水秀化绵柔。
一滴桃林酒，堪消万古愁！

吕文芳（福建）

桃林酒翁

独酌岂无伴？诚邀大自然。

竹松三对饮，风水两和弦。

蝉唱高枝上，云浮晓月边。

桃林杯酒醉，梦觉是神仙。

李根华（安徽）

咏桃林酒

冉冉东升日一轮，桃林扮靓马陵春。

连天古道容虽改，可口龙泉味更真。

山水忘情添逸趣，农商筑梦焕精神。

但闻金桂偕银桂，惹得仙人羡酒人。

弘　愚（北京）

鹧鸪天·寻桃林酒纪行

古道寻香真快哉！临风把酒赋高台。月衔桂影婆娑舞，心似桃花烂漫开。

思妙句，敞清怀。行吟不屑小题材。期圆国梦杯高举，诗似龙泉滚滚来。

李勤绍（河北）

过桃林镇（新韵）

驱车马陵道，欲访酒中仙。
谁泄瑶池水，来疏古井源。
宜人双桂树，延客老龙泉。
心系桃林盛，一结千里缘。

夏邦栋（南京）

桃林酒

问君何处溢清芬？古道山风竞醉人。
双桂百年香满路，一壶玉液一壶春。

李伟亮（河北）

鹧鸪天·桃林酒

海港连云别样天，桃林泉水自年年。莺衔浅梦花千树，月贮深情酒一坛。

青嶂外，白云边。马陵古道任流连。春风醉后无人管，吹绿江南大小山。

方　鸿（湖南）

赞桃林古镇金银双桂

古镇金银两桂花，尊荣出自帝王家。
芬芳沁入桃林酒，香透云天万里霞。

俞爱祥（东海）

临江仙·咏福如东海酒

名镇桃林留玉酿，传承鲁韵苏风。一壶琼液喜相逢，
笑谈天下事，共话夕阳红。

古道悠悠迎盛世，酤坊沐浴春风。福如东海再称雄，
香飘千万里，情壮马陵峰。

仇恒儒（江苏）

沁园春·春游桃林镇

东海西门，古镇桃林，酣畅一游。看马陵驰骋，潇潇北上，沭河跌宕，汩汩南流。石淡云烟，箭消风雨，千古雄浑入彩畴。回眸处，又缃桃点染，红晕峦丘。

风光摇荡心舟，更催取名醅一醉休。唤花魂化酿，桂香添韵；老龙侍酒，大圣持瓯。合奏青峰，回声丹壑，仙境相逢争展喉。来千盏，祝桃乡锦绣，诗满芳洲。

张明昭（福建）

咏桃林美酒

金樽斟玉液，甘洌透奇香，
兴仗桃林起，诗凭酒意长。
琼浆何处酿，佳句此时芳。
一饮轻权贵，炎凉自在尝。

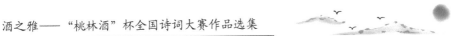

王家祥（天津）

浣溪沙·金银桂

赏罢桃林赏桂花，客临酒厂竞相夸。金银并峙绽奇葩。

美酒千樽曾进贡，盛名两树早升华。香融醇酿醉千家。

方宝玉（湖北）

癸巳年桃林镇夜饮

漫折金银桂，还盈酒一樽。

清醇疑在梦，甘洌曰销魂。

味溢殊方月，香飘上古村。

泠泠溪洞水，共我说魁元。

赵亚平（北京）

咏东海县桃林酒

百湖邑镇茂芳林，酒酿千春东海深。
梦雨虽无红杏咏，仙源却有碧桃吟。
琼浆玉液宜飞盏，流水高山好抱琴。
笑靥临风香世界，绵甜爽口醉人心。

王　锵（山西）

江苏"桃林酒杯"诗词大赛投稿

金银桂下客来新，闻说风情此处醇。
户外车行马陵道，杯中酒鉴海西人。
诚邀古镇千秋雪，同享芳林四季春。
谁共诗心成一醉？老龙泉畔月如轮。

周玉祥（山东）

桃林酒咏

笑我蓬瀛客，青衫酒渍侵。

云驱马陵道，瓮抱碧桃林。

爽气胸多袒，长宵星漫斟。

何当约苏子，犹发老龙吟。

卢新宇（河北）

临江仙

闻说马陵风物好，自云碧水青岑。沂蒙余脉路深深。龙潭依古道，探秘待身临。

小聚怡情需纵酒，且将兴事追寻。老龙泉侧放声吟。月移摇桂影，携友醉桃林。

术　军（辽宁）

过古马陵道

兵圣真经青史存，恩仇血泪已无痕。
千秋依旧山形险，各路休闲车马奔。
齐魏前尘肥故土，孙庞后裔认同根。
残碑读罢唏嘘久，且酹桃林酒一樽。

郑付启（河南）

东海桃林镇感赋

东风梳柳着青纱，万顷桃林映紫霞；
望海楼头观碧浪，黑龙潭畔品新茶。
泉边细说山泉水，树下闲评桂树花。
当饮马家佳酿洌，香飘千里醉京华。

倪　慧（江苏）

望海潮·饮酒

　　龙泉潭老，金银桂馥，桃林清酒香凝。风入暖林，柔晴弄影，翩然忘我身轻。何用苦经营。且歌且酣饮，醉卧红英。一任闲庭，半池碧藻点青萍。

　　林深几处鸣莺，恨春光渐暮，无会嘤咛？花谢水流，难寻玉面，衔杯允梦芳卿？遥望月儿明，一日韶光尽，回首堪惊。借问何人酿得，恁教见多情！

朱海清（湖南）

临江仙·品桃林酒

　　花发三春莺燕舞，欣看旭日东升。林间翠鸟不时鸣。马陵无限意，沭水绣银屏。

　　骏马扬蹄追美梦，丹心一片忠诚。桃林美酒醉吟声。诗香人喜爱，词雅吐真情。

入围奖

孙奎斌（河北）

赞桃林特液酒（新韵）

特液桃林九百春，娣娥借去宴乡亲。
一滴溅落醺霄汉，醉倒航天过路人。

葛国治（湖北）

马陵道怀古

山势蜿蜒韵古风，残碑无字立蒿蓬。
妒贤不念同窗谊，刖足成全盖世功。
莫羡将门生虎子，但悲士卒化沙虫。
村边买醉桃林酒，漫听居民说七雄。

李荣华（湖南）

临江仙·桃林酒领

灼灼蟠桃辉玉苑，金银双桂盈香。老龙泉涌酿琼浆。海西寻古镇，三绝久流芳。

故道蜿蜒惊叠翠，深潭霞舞鱼翔。桃林酒艺倍宏扬。吟诗追雅颂，把盏傲秦唐。

沈保玲（湖南）

鹧鸪天·桃林酒韵

古镇曾经潜老龙，一泓灵碧酿醇浓。微醺桂子绵绵馥，且醉桃花浅浅红。

诗放纵，意从容，马陵道上啸长风。宋元故事明清韵，品尽千年一盏中。

高尚坤（山东）

桃林酒

龙泉酿满蕊宫樽，世上琼浆谁并论？

玉态流光无暗影，天香沁体有微温。

八方再惹金貂换，千载还招皇府存。

一入桃林皆醉客，从今不问杏花村。

倪昌盛（江苏）

访桃林

山色悠悠古道长，桂花深处觅仙浆。

桃林未到人先醉，人到桃林酒更香！

苏　俊（广东）

品桃林酒得句

马陵山下桃花笑，醉倒春风未肯休。
谁把多情宋时月，高高挂在酒家楼？

丁　纯（安徽）

水调歌头·饮桃林酒

　　畅饮一杯酒，直欲到仙乡。桃花十里风暖，朵朵酿红香。总把痴心倾注，添得情丝万缕，甘美胜琼浆。浑忘俗尘事，兴至挑宫商。

　　青瓷盏，明月夜，共清光。古今同醉，邀来诗客赋千章。笔若蛟龙游走，妙似闲云出岫，雅韵自悠扬。须尽平生意，身后莫思量。

沈利斌（杭州）

临江仙·题桃林酒

　　径满群芳香满袖，邀来好友同斟。人间美酒欲何寻？仙宫传故事，仙酿出桃林。　　山水多情聊共佐，何妨玉露沾襟。杯中明月荡诗心。千觞犹不足，一醉即知音。

韦　勇（广西）

饮桃林酒

　　最爱桃林夜引觞，龙泉佳酿润肝肠。
　　水晶杯落桃花影，添得花香入酒香。

白启寰（安徽）

赞桃林酒

英雄骚客爱金樽，美酒桃林足断魂。
杜牧今朝如在世，当年悔到杏花村。

朱芳森（广西）

天仙子·咏桃林酒

桂树百年还郁葱，春风惬意艳桃红，灵泉流响韵叮咚。
斟玉液，觅仙踪，莫叫兰樽对月空。

黄红梅（湖北）

思佳客·情迷桃林

走进桃林正好春，娇腮粉面竞缤纷。和风送暖香千里，福地开封酒一樽。

穿梦境，醉芳邻，水晶国度远红尘。诗吟枝下青衫客，不是崔郎是孰人？

王加华（江苏）

东海采风记

桃林美酒醉春阳，滴滴含情润暖肠。
梦里依稀勤作客，醒来口角有余香。

黄文新（山西）

桃林醉吟

好酒绵绵不妄醺，桃花人面了难分。
醇香糅合金银桂，漫向天边醉暮云。

李瑞河（江西）

桃林镇写意

海西古镇画屏开，四面商家接踵来。
月朗风清养心性，财兴业旺斗元魁。
君耽桂树花千朵，我醉桃林酒一杯。
更有晴明人络绎，马陵山上探幽回。

商怀祯（陕西）

桃林酒

古镇金银双桂开，隔年陈酿比茅台。
三杯玉液穿肠过，两朵桃花脸上来。

朱安民（湖南）

巫山一段云

墨客寻春远，黄昏闻笛声。牧童牛角挽棕绳，兔步戏相迎。

浅饮瑶池水，桃林钩月轻。吟诗作对醉长亭，梦里落红英。

张春桂（湖南）

忆秦娥·马陵古道

山重叠，悬崖削壁天犹裂。天犹裂，晴光明暗，茅坚如铁。

如今大道宽而洁，扬鞭催马烟尘绝。烟尘绝，车来人往，八方同悦。

尹　波（重庆）

卜算子·桃林酒

玉液出桃林，香若龙泉涌。已是甜绵震鲁苏，更向皇城贡。

何以酬知音，唯有知音懂，寻遍琼楼十二重，饮此瑶台种。

徐淙泉（河北）

桃林酒（新韵）

精筛五谷酿清芬，色自澄明味自醇。
畅饮三杯无醉意，安得久住在桃林。

刘保贞（山东）

秋　游

马陵古道览秋光，日暮桃林询酒浆。
放学小哥随手指，只须循着桂花香。

郑万才（河南）

咏桃林酒厂内金银桂（新韵）

秋色十分花正开，不知此桂为谁栽？
浑无半点凡俗气，料是蟾宫降下来。

徐雨生（江苏）

江城子

　　开坛香气透邻墙。布芬芳，醉龙骧。丹桂含馨，散入水晶乡。纵使相逢愁不识，三盏满，吐心房。

　　千年工艺不寻常，进京杭，渡长江。漫数春秋，不负众人尝。识得桃林眉眼笑，宜馈赠，又家藏。

钱卫娟（浙江）

桃林酒

缘何美酒出桃林，糟曲天来不二寻。

大圣半壶消久渴，老龙千载报初心。

闻香已觉精神爽，回味方知品位深。

最好中秋双桂下，邀朋浅醉作高吟。

陈恩科（江苏）

鹧鸪天·桃林酒

明灭云霞变幻忙，兴衰成败历沧桑。一天皎洁唯明月，千古芬芳是杜康。

唐虎将，汉文章。几多酒兴助辉煌。至今东海桃林液，永伴金银桂树香。

张德新（黑龙江）

水调歌头·赞桃林酒

历史酿豪迈，美酒盛千年。沧桑一品，不计荣辱赴轩辕。齐魏烽烟沉淀，苏鲁人文陶冶，家国是源泉。岁月激肝胆，山水著容颜。

带桃香，融桂霭，注龙涎。马陵风烈，琢雕今古映婵娟。蕴藉离骚情感，挺拔兰亭筋骨，天地可方圆。厚重凝神韵，有梦更斑斓。

赵　宏（江苏）

咏桃林酒

金桂伴银桂，花香共酒香。
桃腮三盏醉，岁月一壶长。
古道喧车马，新街集客商，
青莲今若在，岂愿去他乡？

邓仲锦（广东）

咏桃林酒

酒里无诗酒未醇，诗中无酒不传神。
尔将诗酒融为一，人醉桃林诗醉人。

刘若男（湖南）

蝶恋花·桃林酒

常忆那年寻好友。喜步桃林，畅饮陈年酒。年少轻
狂仁义有，双双醉倒东村口。

欲借春光重聚首。又进桃林，浪漫花街走。佳酿醇
香添福寿，豪情白发频牵手。

江以虎（江苏）

曲韵流芳更醉人

痛饮桃林酒万樽，龙行天下壮精神。
窖香常与心香共，曲韵流芳更醉人。

朱玉明（江苏）

美酒飘香出桃林

千载传承酿艺精，桃林演绎九州情。
借他酒胆和诗胆，驱动胸中百万兵。

毛积成（浙江）

桃林春

三月啭娇莺，春风野陌生。
岭连东海秀，泉涌马陵清。
吟史愁征战，攻城卷旆旌。
桃林花正茂，把酒叙余情。

贾来天（内蒙古）

桃林酒赞

老龙泉水酿甘霖，香透千年醉古今。
请看金银双桂树，生机勃勃护桃林。

李　华

临江仙·桃林古酒（新韵）

　　曲液瑶池波影碎，千年古酒甘醇。东莱吕祖焕精神，儒冠书剑影，乘鹤下桃林。

　　玉阙金銮开宝匮，冲天直上青云。三秋桂子赐军门，熏香飘一缕，醉尽往来人。

刘忠义（河南）

七　绝

　　香溢花枝味自神，马陵古道正逢春。

　　桃林酒映金银桂，只醉福如东海人。

李本奎（吉林）

咏桃林酒

漫饮风流不问钱，三杯尽兴起诗篇。
酒香何止瑶池有，醉倒桃林也做仙。

熊国云（江苏）

咏桃林酒

妙用龙泉水，桃林酒更香。
淤无心是镜，量有腹为仓。
得气欣凝力，怀才亦自强。
千钟何惜醉，一觉到羲皇。

孙忠凯（浙江）

马陵山古战场

丢锅减灶弄悬疑，路陡林深隐虎罴。
莫怨兵家施诡道，皆因自己竖樊篱。
扪心未了黎民愿，问鼎常观劫后旗。
万里青天书雁字，空碑孰敢谬毫厘。

何少秋（吉林）

金银桂

百年蓊郁吐芬芳，已把桃林作故乡。
酒桂双馨杯对月，广寒宫阙醉吴刚。

陈明信（安徽）

水调歌头·颂桃林酒

华夏文明灿，酒史壮如诗。桃林玉液琼醴，酿苑占鳌魁。承载人文厚重，开创独家窖艺，馥郁透卮匜。睿智经雄略，椽笔写神奇。

秉诚信，赢盛誉，夺金杯。喜看群星闪耀，妙品五洲驰。敢作中流击楫，势若抟风鹏翮，破壁正其时。共筑中华梦，骏业树丰碑。

邵红霞（吉林）

佳人醉·醉桃林

把盏琉璃宛转，斟作桃林清浅，恰倦身慵懒，尝红餐白，笑漾饧眼。耐品杯中厚味，辨春思秋盼。

桃花面，却嘲人椒。贪饮玉醅，酒意浓成诗意，真个难消遣。鬓云散，随他缭乱，借得微风一绾。

孙同川（江苏）

桃林酒赞

一方古井马陵东，汲得天浆浴海风。
溢出醇香飘洒处，桃腮醉映满山红。

张修美（江苏）

酒香味美

桃林佳酿美，饮后口留香。
梦里吟诗句，依然回味长。

王德珍（山西）

桃林酒

古道依然岁月新，沧桑铸就海西真。

桃林曲味飘千里，桂树枝芽秀百春。

酒美能担悲喜事，花红不负古今人。

诗无好句情难已，醉卧长天月一轮。

吴宝珍（湖北）

桃林酒

江苏古镇酿金醅，只重口碑不仗媒。

桂树花香飘百里，桃林酒美品千回。

情幽末备芙蓉枕，趣雅先倾琥珀杯。

大曲绵柔今畅饮，更阑漏尽鼓相催。

李　宝（河北）

与诸友同游马陵道遗迹

桃林酒送七分狂，相约同游古战场。

峡树回风藏冷箭，云霞沥血出朝阳。

纵将兄弟冤仇报，谁把魏齐民命偿？

可笑英雄只如此，匆匆一醉下松冈。

郑丙罗（河北）

题桃林酒

酒香频送九重天，惹动瑶宫意万般。

闻报桃林滋味好，众仙相约下人间。

周冠军（扬州）

咏桃林酒

惯许春风酿古今，夭桃枝下径深深。

昊天宫阙来仙品，璧月琼浆入上林。

苏鲁名涵清籁发，金银桂老远香沉。

龙盘鲸饮马陵道，不负英雄济世心。

卢象贤（江西）

桃林酒

海西古镇号桃林，显贵推崇大吏吟。

香美六瓶储酒德，金银双桂布皇阴。

一千年里名趋重，百万家中柜渐沉。

珍品窖藏交替饮，醉乡漫味圣贤心。

田盛林（河北）

咏桃林酒

桃林古镇酒香醇，醉月醺风千百春。
曾向宫廷赢圣眷，今当家宴与民亲。
声名起处情无改，品类多时艺愈臻。
更有一番高雅意，也教诗客长精神。

潘文彩（东海）

咏东海县桃林镇

古道沧桑远，桃林万象新。
凌云山出岫，近水草如茵。
红雨生诗意，香风绝俗尘。
举杯邀五柳，同醉马陵春。

赵春女（东海）

运桃林酒

飞车万里把家还，小憩层峦幽壑间。
不意酒香禁不住，枫林片片尽酡颜。

徐　辉（东海）

桃林酒

水晶杯里露花新，一缕清香满眼春。
酒道由来通大道，桃林不改是真纯。

王其秦（东海）

吊马陵山谷古战场

昔日马陵山，孙庞斗此间。

至今芳草恨，自古战云寒。

酒醉沙场苦，魂归夜月残。

可怜闺阁盼，能有几人还。

入选作品

哈声礼（甘肃）

醉饮桃林

昨日神仙酒，今朝入万家。
柔从龙井出，香自桂宫赊。
还债刘伶醋，邀朋五柳笆。
相逢豪迈饮，醉赏粉桃花。

马焕卫（河北）

咏桃林酒

十里清风送晚秋，马陵古道韵悠悠。
桃林酒醉天涯客，一路高歌壮志酬。

王纪波（安徽）

冬夜饮桃林酒

雪夜沉沉掩竹门，桃林开处涌春温。
西乡有酒千年醉，东海流霞一口吞。
桂绽金银添吉庆，香迎遐迩伴朝昏。
马陵山下如相问，童子无须指杏村。

王利民（河北）

吟咏桃林酒文化（新韵）

桃林重镇桃林酒，盛誉千秋贡品香。
桂树葱葱尊百岁，龙泉汩汩醉情肠。
马陵古道荻如雪，望海仙阁羽似霜。
苏鲁扬名知己贵，甘醇江北酿辉煌。

张斯阳（江苏）

鹧鸪天·品酒忆沧桑

春日丘陵桃李芳，龙泉清水酿琼浆。馥香引得佛颜悦，绣笔轻描古镇昌。

移桂树，唤吴刚，万千商贾共兴邦。孙庞心醉齐休战，一地刀兵忆短长。

廖金有（广东）

访东海桃林

对酒当歌不复寻，春前一梦现桃林。
马陵古道来新客，金桂门庭莫自斟。

姚彦魁（河北）

捣练子·人间桃花源（新韵）

恒茂桂，老龙泉。玉液天成美诺言。
世上谁说无世外，桃林自古胜桃源。

朱芳森（广西）

长相思·咏桃林酒

泉水流，美名留，爽口绵甜不上头，马陵仙酿优。
宴同俦，无所求，共饮一杯情更投，相知解我愁。

长相思·咏桃林酒

曲径幽，桂枝稠，泉水叮咚日夜流，清甜好润喉。
鸟啾啾，信天游，快乐今生唱未休，风光醉眼眸。

刘　峰（河北）

桃林酒

何处香传惊味醇，小楼月夜故乡人。
举杯畅饮桃林酒，抢得东风第一春。

醉花间·古镇春思

思时候，忆时候，时与春相凑。醉酒在桃林，南国生红豆。　　马陵山上秀，昔日孙庞斗。人生放眼量，朋友还思旧。

刘喜成（上海）

一剪梅·桃林酒

欢乐桃林诗客归，柳上莺飞，楼下人围。一帘星雨漫遥窥，园抱霞堆，梦落芳菲。

一曲江南溪柳垂，花朵相辉，竹叶相陪。敲杯问酒几多回，醇若香醍，味似玫瑰。

王继德（山东）

马陵古道吟

马陵山道远，五岫抱云天。

探海群龟静，临池卧虎眠。

孙庞觅何在？荣辱话当年。

盛世圆清梦，桃林醉鹤仙。

王跃平（山西）

酒　史

王液倾杯史册开，沧桑穿越识尘埃。

马陵古道桃林酒，恭候仙人细品来。

陈　镇（河南）

咏桃林酒

当日开坛十里香，桃林美酒动君王。
今朝我饮名花下，夜枕琴声入梦乡。

注：名花指桂花。

题桃林酒业有限公司金银桂

十里花香天不禁，沧桑历尽动王孙；
谁将月殿仙家树，梦里偷来做酒魂。

徐　兵（山东）

咏桃林佳酿

青瓢何以笑游仙？酒气飞于金桂前。
古道惯知人复醉，桃林不费日长颠。
几凭陈酿洗凡骨，一枕高云看逝川。
但使酣歌风隐去，疏狂未必肯称贤。

褚杰生（山西）

马陵道怀古

铜矛戈甲旧曾埋，掘出沙场血色真。
骸骨无情师弟狠，传书有义客卿仁。
皆为鬼谷同门客，分作世间歧路臣。
万箭穿身马陵道，苍天也怒背盟人。

陈福深（浙江）

桃林酒

千年造酿声望弥，独得精魂举国知。
古井龙泉遗典故，桃林美酒贡慈禧。
六支系列承高雅，三十名牌扛大旗。
权贵平民皆喜好，骚人墨客尽衔厄。

韩开景（河南）

桃林酒

马陵古道酒旗扬，一启桃林十里香。
醉踏云头呼大圣，何须王母赐琼浆。

陈晓玲（广东）

桃林酒

仙踪龙迹何山觅，灼灼桃林草色青。

赤石清泉成御酒，三杯醉落满天星。

黄红梅（湖北）

临江仙·传奇桃林酒（新韵）

大圣楼中酒醉，马陵坡下香侵。龙王心事向空吟，相逢酬故友，归去谢知音。

回味多情神话，放眸系列奇珍。千年御贡证桃林。值秋团月夜，把盏赏银金。

李雪莹（黑龙江）

踏莎行·桃林酒

灼灼仙姿，浓浓香雾。清芬万里花千树。可堪难觅美猴踪，分明魂魄仙源驻。

爽口蟠桃，开心轶趣。驰名中外宾无数。龙王已去酿琼浆，风光秀美桃林路。

张玉茹（河北）

浣溪沙

行尽桃林索酒香，龙泉天意许名扬。心情典当马陵乡。未必山高才隐士，应知古道育华章。蟠桃落处涌琼浆。

高　剑（湖北）

思桃林

东风犹带麦粱香，信是桃林正弄觞。

千里吟怀思酒镇，一篇雅韵也趋狂。

宫丽梅（吉林）

思佳客·情寄桃林酒（新韵）

古道飘香莫问奇，桃林仙酿惹人思。芳逾玉液千年美，名占霞杯万里知。

金粟密，翠绡垂，桂前把盏品珍稀。李白若在该酣醉，三百先倾再作诗。

黄都生（福建）

咏桃林酒

古镇新姿别有天，壶开玉液乐陶然。
闻香欲醉蓬莱客，不饮桃林枉做仙。

沈双建（江苏）

桃林酒

西风古道不堪秋，桂子香浓好散愁。
酒到酣时人未醉，凭将故事说从头。

王学功（青海）

桃林颂

福如东海长精神，大曲飘香善养人。
慈禧三呼金桂赏，桃林盛誉满乾坤。

林洪中（浙江）

咏桃林酒诗词大赛

惊闻贡酒出桃林，一到桃林杯满斟。
赏遍桃花何处去？老龙泉下听龙吟。

张荣安（河南）

咏桃林酒

一瓣心香凝玉盅，春姑把盏谢东风。
诗情欲共斜阳醉，飞入桃林腮上红。

翟科利（陕西）

咏桃林酒（二首）（新韵）

一

价重金银香透瓶，龙泉借水助新醒。
陈坛误启春三月，万树桃花一夜红。

二

酿就桃林二月春，银瓶密缄寄情深。
临行复裹三层厚，怕醉邮程一路人。

章寅斌（浙江）

秋　桂

饮酒溪山伴，闻茶鹿鹤鸣。
秋风思桂雨，一夜满阶庭。

张全和（湖南）

马陵山古道

当年斗智马陵山，古道硝烟迹未残。
回首千秋成败事，桃林把酒笑庞涓。

王林侠（吉林）

品桃林美酒

桃林映月忆天涯，美酒争芳第一家。
小憩方知风渐老，端杯正值落桃花。

邓居春（江西）

西江月·桃林酒

出自龙泉玉液，斟来爽口清香。舒筋活血佐通阳。
不愧桃林"仙酿"。

昔日皇宫御品，如今百姓琼浆。千家万户捧霞觞。
乐把醇醪共享。

李本奎（吉林）

咏桃林酒

壶里乾坤任我狂，吟诗无酒不成章。

浮名看淡心清静，梦约刘伶醉一场。

钱燕群（重庆）

咏桃林酒

桃林沽大曲，野店佐鲜虾。

欲饮千杯少，江村明月斜。

咏老龙泉

古井园中卧，清泉石上流。
一瓢能解语，诗意齿间留。

谢沃初（广东）

雅　聚

春风有信托瑶琴，至乐相知不用寻。
论尽英雄犹未了，何如快意醉桃林？

张　鹏（江苏）

自在咏

一人桃林香处寻，杯斟绿蚁胜瑶琴。
庭中欲折金银桂，窗外忽闻长短吟。
东海清风消俗迹，马陵远色染仙岑。
何朝倚杖牵黄狗，常醉此间澄素襟。

临江仙·桃林遣怀

遥望海西山下气，泉中潜隐苍龙。马陵故道昔时同。
蟠桃谁种得，美酒自香浓。

但恨此身难久驻，桂花开尽无踪。老怀欲醉此间风。
三杯邀大圣，一曲唤冥鸿。

唐军林（湖南）

桃林酒

龙泉古井酿琼浆，千载芳名四海扬。
偶得几瓶邀客至，浅尝豪饮喜犹狂。

黄广林（安徽）

礼赞桃林酒

东海有名青史留，桃林美酒醉千秋。
一杯在手添滋味，四季同春长劲头。
武举当年赢盛誉，文贤今日竞风流。
邀朋共把金樽举，品味人生享自由。

哈锦祥（安徽）

五绝桃林酒

桃林客影重，美酒味香浓。
难得同君醉，卧观金桂容。

代古成（海口）

桃林酒赞

一品桃林况味生，新醅旧酿亦撩情。
当年杜牧如来此，亦有佳诗留美名。

陈士成（江苏）

咏桃林酒

家有桃林心不慌，宴差此酒脸无光。
名传苏鲁千年久，香沁黔川万里扬。
商贾购回情振奋，慈禧试品韵悠长。
开坛未饮人先醉，甩掉杏花抛了郎。

桃林酒

老龙泉水溢清香，神窖精工名远扬。
王母宴宾寻古镇，嫦娥闻讯欲亲尝。

杭天才（江苏）

接　风

梦想千年寂寞中，嫦娥三号访蟾宫。

吴刚捧出桃林酒，月姐邀星共接风。

胡恢宗（湖南）

春晓曲·桃林佳酿

桃林古镇香飘桂，更有甘醇匹配。世人景慕老龙泉，

远涉马陵图一醉。

杨海波（江苏）

临江仙·桃林一品香

点点桃红春酿景，龙泉雪涌瑶芳。蜂飞蝶舞人诗囊。
御醇酬快意，桂露袭天香。

极目马陵山麓美，云腾风举霞觞。幽潭羁步梦飞扬。
开怀咏古道，心醉水晶光。

付祖权（河南）

马陵道怀古 _{（新韵）}

古道杏帘拂晚阳，英雄几度话沧桑。
当年孙子功成处，款款东风送酒香。

颜　静（湖南）

桃林酒

桃花古井酿清醇，味冠龙庭席上珍。
最是临风香浸月，吴刚雪鬓立时春。

刘建平（河北）

桃林酒

春暖桃花艳，秋凉桂树香。
车龙三里陌，老酒出新仓。

刘江乎（山西）

桃林酒

韶乐瑶琴不胜收，名楼聚饮佐珍馐。
亲尝上品桃林曲，远胜江南万里游。

孙同川（江苏）

桃林酒赞

春染桃林耀眼明，依山傍海酿雄风。
一杯浇灌心田上，绽出诗花胜火红。

尹　波（重庆）

马陵古道

同门萁豆报君恩，十万雄兵却断魂。
当日马陵争战处，悲风犹自绕戈痕。

冯栾中（河北）

桃林酒（新韵）

千载春秋飞若镞，黑龙潭水照沉浮。
沭河半部编年史，尽在桃林酒一壶。

宋俊泉（河北）

醉桃林（新韵）

昔日推杯成义气，今朝江海各扬帆。
他年你我折金桂，更醉桃林古道边。

吴桂林（江苏）

咏桃林酒

东海龙泉五谷粮，天工开物化琼浆。
传奇故事传千载，依日风流依旧香。

咏桃林镇金银桂

生在宫中寂寞多，花开花落尽蹉跎。
自从嫁到桃林后，岁岁窖边陪酒哥。

宇钊玄子（山东）

春日桃林独饮有作

久闭闲门无雅客，春来携酒入桃林。
仰天一盏风同醉，抱向枝头吐寸心。

马　俊（四川）

桃林酒

千秋密法精心酿，香引众生沽酒忙。
莫笑金樽常在手，人生有此味尤长。

毛明强（江苏）

桃林酒

翰墨堂中风入帘，飘香楼阁古塘前。
何当载酒桃林屋，醉向泉边画里眠。

彭冬春（湖北）

赞桃林美酒

闻香即使客微酡，满窖珍藏潋滟波。
痛饮桃林三碗酒，阳关西出故人多。

徐淙泉（河北）

桃林酒（新韵）

桃林镇上饮桃林，斜卧桃林半醉人。
非是桃林酒独好，桃林花美亦销魂。

朱志国（河北）

沁园春·咏桃林酒

　　酿自桃林，贡与京华，誉满九州。想香从玉阙，独成毓秀，名夸博览，多少风流。清冽宜诗，绵醇待赋，不许别家高半头。微醺处，正歌声满耳，桂影中秋。

　　层楼，再举金瓯。看汹涌惊潮堪试舟。让英雄仗剑，削平块垒；书生挥笔，散尽哀愁。云阔天高，扬帆去远，一路峥嵘吟壮遒。旌旗展，论明朝事业，跃上骅骝。

涂方旭（广东）

忆江南·桃林酒（新韵）

　　桃林酒，声誉远天涯。珍品大曲香万里，福如东海乐千家。佳酿众人夸。

关恩亮（黑龙江）

饮桃林酒

千载桃林酒，香泉日日流。
乾坤同一醉，尘世更无求。

赵晓明（山东）

访游孙膑、庞涓齐魏大战之马陵道

铁台野望不闻箛，深涧逶迤十里斜。
三万貔貅激战地，山菊岁岁傍人家。

黄　盛（广西）

桃林美酒

桃林花万朵，曲味九州香。
胜景杯中美，文章酒下长。

李滢酒（湖南）

南疆二月

风自搔人花自横，边城处处树啼莺。
临窗一盏桃林酒，忘却天涯羁旅情。

陈志刚（山东）

过桃林镇

崎岖马陵道，寂寞旧时关。

苏月照孤垒，沭河流万山。

土肥桃树盛，坊僻桂花闲。

入镇尝仙酒，长留不肯还。

刘　杰（安徽）

咏桃林酒

佳句大家吟，龙泉证古今。

千钟催客醉，潇洒卧桃林。

赵文正（江苏）

饮桃林酒会儿时挚友

酌酒三杯兴致昂，翻江倒海敞心房。

人生多少悲欢事，尽吐真情话语长。

林耿生（广西）

桃林酒

美酒桃林醉，闻香识味陈。

老龙泉活水，酿得四时春。

王　海（河南）

咏桃林酒 （新韵）

金银桂下任情醺，不醉如泥不放樽。

把酒桃林真若梦，梦乡此物更销魂。

陈之大（湖南）

金银桂

老恒茂里金银桂，百岁沉香入酒心。

贡品当年无数计，慈禧何故赐桃林？

郑丙罗（河北）

题马陵古道兼寄怀

满目风光百里妍，依稀故垒思联翩。

孙庞荣辱随波去，齐魏兴亡作古传。

征伐昔时愁不尽，清平今日乐无边。

牵情最是回眸处，破浪千帆向日悬。

丁渝山（吉林）

桃林酒杯 *（藏头诗）*

桃园醉卧远游人，林密花浓景色新。

酒海香帆悬万里，杯舟送友入三春。

张文龙（内蒙古）

马陵道上

马陵道上举金觞，风爽身心花送香。
倘若当年逢盛世，孙庞楼上饮琼浆。

肖家辉（湖南）

题桃林酒

返恋桃林贡酒醇，垆前探桂百年春。
飞花每趁残杯入，浅饮怜香也醉人。

文中华（湖北）

马陵道

土丘木暗草萋萋，雾锁长堤血浣泥。

处处灶台荒已没，斑斑铜箭辨犹迷。

冈峦影叠疑弓手，松桦风吹幻鼓鼙。

兵法世传星灿史，平添酒后侃山题。

郜永忠（河南）

桃林酒

苏北桃林镇，龙泉酿老春。

清香传帝阙，淳厚入乡屯。

御赐金银桂，壶藏日月珍。

马陵连古道，游客往来频。

张琨明（陕西）

桃林酒

古井风流异彩扬，埙歌一曲颂华章。

烟波千载非关梦，唤醒老龙共举觞。

周冠军（江苏）

清平乐·赋得金银桂

酒香清冽。花影栖明月。何事芳华容易别。悄悄飞过眉睫。

一株还复多情，一株但可倾城。摇曳金银风里，人间不老春声。

李福菜（陕西）

酣饮桃林酒即兴（新韵）

薪火千秋酿馥芬，玉樽未启四乡馨。

桃林凝瑞芳醇厚，古道飞蹄逸梦醺。

神韵悠悠萦日月，诗情酽酽系心魂。

长天我共星辰醉，激赏炎黄此异珍。

李志永（河南）

桃林酒

幽心逢日暮，枯坐对春残。

但饮桃林酒，醉中天地宽。

吕子荣（吉林）

谨步原江苏省委书记江渭清同志
为桃林酒题诗原韵

杜牧当年问杏花，桃林千载更堪夸。
盛名赢得金银桂，亘古诗家爱酒家。

霍兴玉（辽宁）

千载桃林酒（新韵）

古道悠悠贯古今，千秋佳酿产桃林。
喜逢苏鲁举杯者，醉倒沪京邀月人。
恒茂百年昌桂树，长街十里浸花魂。
龙泉汩汩含情水，化作琼浆日日心。

代丽娜（北京）

马陵古战场

形如奔马拓天途，借势兰山下楚吴。

古道荒蛮扶霸气，龙泉跳跃捧瑶珠。

洞幽猎胜飞仙隐，涧曲探奇战迹铺。

丛莽惊魂风簌簌，犹闻万弩草中呼。

高怀柱（山东）

鹧鸪天·赞桃林酒

自古桃林酒有名，色清质美米粮精。味香曾使神仙醉，性烈更为豪杰倾。

双桂树，百般情，夺来银奖业新兴。小康路上旗高举，打马扬鞭锦绣程。

叶兆辉（重庆）

马陵道怀古

齐魏交兵地，曾闻剑弩留。

石碑书二士，竹简续千秋。

雨过推车辙，云迷望海楼。

桃林风物旧，闲作越空游。

陶　利（广东）

品桃林酒

马陵山下老龙泉，一滴何妨醉百年。

人在木樨香里饮，座中谁是李青莲？

杨晓阳（辽宁）

桃林酒

百年贡酒酿成金，双桂清香沁客心。
快意人生图一醉，桃林古镇品桃林。

邓智桐（广东）

桃林酒业

马陵古道意缠绵，醉人桃林赋壮篇。
桂树飘香思帝后，玉醇迓客想诗仙。
吴姬赏酒传千载，我辈衔杯效七贤。
莫道当今无好酿，请君来品老龙泉。

罗金华（湖北）

鹧鸪天·桃林酒歌

绿蚁三杯向晚香。樽前相顾语何长。醉寻古道金银桂，畅饮龙泉温柔乡。

同此月，溯流光。马陵故事著文章。桃林美酒留春住，化作山翁福寿方。

王跃东（河北）

咏桃林酒

老龙泉水壮桃林，勾兑沧桑底蕴深。
八盏琼浆萦腹内，三千好句出胸襟。

朱培学（江苏）

浣溪沙·金银桂

编得华冠凿得舟，古香高韵不胜收。闲听故事亦风流。
珠玉蕊摇连理影，金银粟散广寒秋。年年醇酎为君酬。

李秋霞（北京）

题桃林酒

平林细雨湿春烟，红是人家碧是天。
何事黄鹂忽飞去，桃花中酒要清眠。

于世爱（江苏）

好酒桃林（新韵）

桃林佳酿味香醇，豪饮千杯倍有神。
千载煌煌酒文化，大书东海满天春。

徐金丽（江苏）

浣溪沙·马陵古道

昔日甲兵尚未穷，忽看四面涨葱茏。波光岚影正摇风。
已递稻花香阵阵，漫云古迹邈忡忡。酒边吟展更从容。

朱少文（广西）

咏桃林酒

开樽浮桂影，顿觉百忧宽。
谁把桃林味，饮成相见欢。

王长沛（江苏）

浣溪沙·马陵古道

今古萦怀各不同，何须往事究无穷。兵尘况是早随风。
青鸟翻飞平远黛，翠崖如立指遥空。回看来路已朦胧。

傅稚明（湖北）

梦捧桃林酒也香

一梦翩然到海西，掬来佳酿破诗题。
桃花绰约人犹美，桂影婆娑事亦奇。
已著华章依古道，又催浩气展新霓。
他年许有天伦乐，醉酒吟风是处栖。

罗　以（湖南）

马陵古道怀古

山作骁腾气势雄，孙庞曾此两交锋。
初凭妙计退强敌，再战残躯建巨功。
枯骨催肥春草绿，秋风吹老夕阳红。
兵家恩怨谁能断，都在兴亡一慨中。

陈虹求（湖南）

咏桃林酒

桃林寻旧梦，恰到马陵春。
温润呼君子，甘醇寄美人。
摘星于手读，揽月入怀珍。
愧我醺醺也，犹来辨汉秦。

张志强（河北）

桃林佳酿

浩浩风香郁郁秋，琼浆玉露化绵柔，
百年丹桂宜邀客，十里新桃催放眸。
古井坡中春永驻，老龙泉外绿难囚。
何堪东海得佳酿，饮尽云帆梦一瓯！

丛　磊（江苏）

贺新郎

古道凭谁记。自昂然，横天余脉，马陵之地。激战犹存烟云外，壮气腾翔声里。还说到、英雄才气。浩荡龙吟惊岚下，更扑回、绝似倾城际。星斗乱，万千骑。

孤泉野老声名起。漫凝成、玉杯仙酿，对琴长寄。滴滴亭前香尘士，尽取前人风意。换此世、千般殊丽。一处桃林如奇景，念豪情、总向胸中系。今冠绝，料应是！

刘景山（吉林）

鹧鸪天·咏桂花

玉斧修身骨更坚，金风送下广寒仙。一枝飘落红尘界，千古栖居绿水湾。

开桂苑，倚阑干。幽香满室月儿圆。中秋倩影临窗入，好梦温馨绕枕边。

李　仁（福建）

桃林三绝

三绝桃林春意催，马陵古道绣成堆。
山之襟度水之韵，都倩龙泉酒送来。

杨明丽（山西）

画堂春

马陵山下木苍森，老泉汩汩弦琴。一杯醇醴对花斟，
沉醉桃林。

古道寂幽独步，英雄往事萦心。彩云奇幻日熔金，
诗意难禁。

康中柱（湖南）

桃林酒

江北矜佳酿，桃林桂子肥。
举杯歌盛世，情共彩云飞。

郑耀邦（湖南）

吊马陵山谷古战场

昔日马陵山，孙庞斗此间。
至今芳草恨，自古战云寒。
酒醉沙场苦，魂归夜月残。
可怜闺阁盼，能有几人还。

傅丁本（江苏）

游马陵古道感怀（新韵）

古道千秋壮，辉煌一将名。
苍凉故国梦，哀怨庶黎情。
战垒无遗迹，春风遍马陵。
酒香人醉处，莺燕唱和平。

吕文芳（福建）

桃林酒翁

独酌岂无伴？诚邀大自然。
竹松三对饮，风水两和弦。
蝉唱高枝上，云浮晓月边。
桃林杯酒醉，梦觉是神仙。

郑梅芬（福建）

家有桃林酒

独户单门落路边，青山绿水树参天。
菊栽苑后金秋艳，荷种庭前仲夏鲜。
大院闲聊宽境界，小河垂钓乐心田。
桃林大曲家常备，酌至微醺始入仙。

杨小峰（湖北）

游马陵古道　品桃林大曲

古道马陵幽径斜，旅游东海似归家。
桃林醉客三巡酒，红透枝头四月花。

李世波（江苏）

咏桃林酒

古镇香醇千载扬，慈禧大赞美琼浆。
残糟若落平川地，五谷含芳带酒香。

郑耀邦（湖南）

赞桃林酒

名扬中外久，香占古今先。
桃树非凡种，醇浆不老泉。
举杯邀素月，搔首问苍天。
海晏河清日，炎黄美梦圆。

赵蒲湘（湖南）

赞江苏东海桃林酒

东海一坛酒，恒园两树花。
比邻开盛宴，香透小康家。

彭家贵（江西）

咏桃林镇

海西名古镇，江北大桃林。
酒史超千载，花香更醉人。

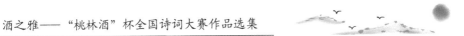

小　涵

虞美人·桃林酒赞

桃林美酒当然好。八两犹嫌少。身轻似羽上丹霄。方觉盏中云梦、万愁消。

吟成锦句文章裹。玉软因谁醉。素齐闲坐挹清香。实是绝佳风味、老难忘。

张志友（江苏）

桃林美酒香四海

桃林深处有琼浆，工艺精良胜杜康。

邀得八仙同品味，福如东海永飘香。

注："福如东海"又指东海县出产的桃林酒中的六大系列之一。

王　剑（河南）

青玉案·桃林佳酿

桃林美酒名千古，引四海，评无数。红雨绰约迎巨贾。马陵春晓，沭河欢唱，喜看蛟龙舞。

龙泉佳酿香苏鲁，双桂传奇载书簿。六大品牌格外妩。蟠桃招手，邀君前去，再绘群英谱。

刘光和（吉林）

咏桃林酒

不必海西咨酒家，马陵古道起香霞。
琼浆罕见总督贡，佳酿新尝太后夸。
底蕴千年生至味，口碑无胫遍天涯。
独门工艺难模仿，饮罢桃林气自华。

苏振学

题桃林酒

韵致天成一品香，桃林春色酿琼浆。
月圆花好人长寿，祝福声声乐未央。

李汝启（江西）

桃林镇上桃林酒

千载浓香散不休，马陵山下锦涛浮。
琼林日暖风如醉，花坞春深翠欲流。
十字坡前迷远客，一篙浪底失渔舟。
桃源有路君须记，莫使云封古洞头。

蒋世鸿（广东）

咏桃林酒

春光酿酒醉桃林，玉露甘森直沁心。
但以风流酬远客，全凭雅量赠知音。
天涯兴会千杯浅，座上情归一味深。
共饮楼台明月起，沉酣犹是对相斟。

杜昌海（安徽）

西江月·桃林酒

唐律至今高挂，宋词远古谁谋？金樽清挂月心留，润笔神凝邀友。

芳章春晖柳色，白扬飞絮千秋。半醒半醉此中求，一饮桃林贡酒。

赵厚礼（天津）

桃林酒

海西古镇靓桃林，美酒飘香恣意斟。
苏鲁扬名开四域，寰球处处赞甘霖。

莹　雪（辽宁）

二色宫桃·桃林书怀

　爽口绵柔神振奋，液透彻、回甘含润。闲把数杯气血开，挥毫处、秀文词俊。

　悠悠古迹余暇论，话桃林、久留佳闻。品得自然味美纯，襟怀荡、笔抒情韵。

鹿子民（山东）

题桃林酒

古韵千年一朵花，香醇十里醉天涯。
情如东海波涛涌，春满桃林暖万家。

曾　鸣（四川）

桃林酒小题

澹光桂影泛龙吟，古道清幽马踏深。
何必南山徒采药，海西一步醉桃林。

何远潇（四川）

桃林醉饮

桃林自酌解愁肠，溅落春风满院香。
畅饮酩酊休探问，酒乡不醉醉何乡？

温战勇（天津）

鹧鸪天·颂桃林酒

大曲桃林出一方，老龙古井化琼浆。几多故事传佳话，太白挥毫饮十觞。

陶令乐，次公狂，七贤软脚欲收藏。返程远路三千里，我带浓香入梦乡。

王兆根（江苏）

赞桃林酒

马陵山麓桃林镇，酒气飘香亦醉人。
自古英雄豪饮后，舒筋壮胆振精神。

张德军（山东）

游桃林镇抒怀

日暖莺啼苑，风吹万顷田。
黄花侵碧野，流水响龙泉。
古道杨飞雪，白堤柳笼烟。
桃林压酒醉，指点马陵山。

刘中伟（江苏）

题马陵山古道

同游鬼谷想当年，促膝言欢四季天，
一入红尘多变幻，马陵道上杀庞涓。

齐保民（天津）

名扬苏鲁有真香

马陵古道老夫狂，独爱桃林醉夕阳。
正是龙泉秋水冽，名扬苏鲁有真香。

李玉洋（河南）

游桃林镇

记得畅游邀友日，归来鸟戏柳如烟。
婵娟也慕桃林酒，每到临杯格外圆。

姚　忠（河北）

马陵古道酒

马陵古道酒飘香，过往行人竞品尝。
初饮爽心情远溢，传觞盛赞是琼浆。

石广训（新疆）

美酒画廊

沭河尽吐沧桑秀，蜜果嫣红齐鲁秋。
珍品博游名四海，马陵一路润诗喉。

毛得江（甘肃）

咏桃林酒

桃林千载史堪查，味溢清香人竞夸。
双桂至今传盛誉，九州自古赞奇葩。
精工珍品情如火，独酿甘醇美似霞。
饮罢一杯频叫好，芳名悠远灿中华。

吴晓华（江西）

桃林流觞

乘兴春风到海西，流觞转至白沙堤。
山呼每异流年醉，蝶舞常因落日迷。
指月桃林君莫笑，餐霞玉露自思齐。
至今犹有金银桂，时赴蟾宫过紫墀。

张继农（山东）

咏桃林酒

赤龙化酒诺前生，玉液瑶光映海城。
曾醉蓬莱三岛客，常温禹甸万家情。
艳倾琥珀浮春梦，香透琼宫润水晶。
老朽一杯豪气壮，敢驰南海斩长鲸。

吕克贤（天津）

游桃林

桂伴桃林共酒香，马陵古道老龙望。

举杯盛世邀明月，梦寄春风奔富强。

陈维昌（湖南）

春醉桃林酒

桃林远望已心倾，扶醉携春胆气宏。

千载龙泉杯底曲，一方豆麦掌中轻。

绵绵味解将军意，款款香弥太后情。

漫道酒坊银桂老，虬枝劲叶兆繁荣。

张万语（湖北）

临江仙·桃林酒咏

古道马陵寻美酒，桃林一醉方休。孙庞斗智话风流。清泉石下，草木尽貔貅。

长忆青柯聊梦幻，狐仙欲说还休。传神文笔足千秋。天罡地煞，遍野闹春鸠。

张晓辉（河北）

题咏东海桃林酒_{（新韵）}

谁借琼瑶从蕊珠？桃林佳酿气脱俗。
水晶杯底邀白玉，火焰花间味赤乌。
东海呷吟折桂令，南极盛宴太常初。
凭君一醉销千古，更赋华章续相如。

李治满（宁夏）

月　饮

清风明月送秋寒，双桂婆娑舞玉澜。
橘绿橙黄全不顾，频斟陈酿醉栏杆。

李国铨（四川）

天下桃林酒

天南地北交朋友，人世今生潇洒走。
相聚有缘干一杯，自然首选桃林酒！

刘启燕（四川）

诗酒桃林

东海桃林灿若霞，芳香沁入万千家。
蒙眬醉意回眸看，尽是诗花与酒花。

布凤华（北京）

咏桃林酒

此行何处去，东海一枝花。
我醉何堪道，香飘到万家。

夏　杰（江苏）

咏桃林酒

马陵山下碧云天，十里飘香桂子前。
犹记桃林酒三碗，春风沉醉已千年。

曹圣贤（河南）

过桃林（新韵）

桃林玉液鲁苏扬，名冠千秋媲桂香。
把酒临风思古道，弱强愚智话孙庞。

孙　毅（福建）

桃林酒（新韵）

古道荒荒湮古迹，桃林依旧酒流香。
当年大圣琼浆赠，今日龙泉两桂芳。

孙式军（山东）

桃林三绝

蟠桃美酒金银桂，尽入寻常百姓家。
万盏千杯君莫醉，桂花香里梦桃花。

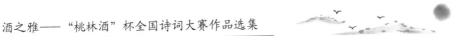

张志坤（湖南）

清平乐·桃林酒情结

悠悠岁月，难忘相亲节。几件"桃林"将"囍"贴，赢取芳心情结。

开瓶馨溢厅堂，沾唇赞誉飞扬。二十三年过去，依然梦里飘香。

蔡华明（福建）

咏赞桃林酒

桃林美酒味香甜，声誉相传数百年。
畅饮一杯堪壮胆，精神抖擞乐如仙。

薛近芳（河北）

金银桂颂（新韵）

百年香桂艳桃林，太后恩德泛绿氲。
一盏甘醇朝野醉，至今翁媪话金银。

李中峰（甘肃）

喝桃林酒

春满桃林喜满怀，诗情偏自醉中来。
人逢盛世春常在，自有心花满脸开。

王质华（河北）

桃林古道抒怀

马陵古道越千年，一曲悲歌警后贤。
坦荡襟怀天自助，师从正道胜当然。

胡铭泽（重庆）

桃林酒

谁酿桃林古井醇？千年往事一壶春。
马陵道上当垆女，犹说赤龙仙液真。

祝纪凡（湖北）

咏桃林酒

宋韵千年酿古音，清词久煮论桃林。
盅盅饮去诗仙醉，只道香醇难再寻。

姜翠清（安徽）

马陵山

千年古道蜿蜒去，灶下文章不可求。
未若桃林三碗酒，陵山梦里不知秋。

陈立新（江苏）

赞桃林系列酒

寻香漫步路三千，觅得渊源在海边。
水秀花明兴事业，地灵人杰结文缘。
举杯得句龙泉美，回味增情国梦牵。
古镇新姿歌雅韵，风清气正客连绵。

杨克钦（河北）

捣练子令·一酒泯恩仇

东海县，马陵山，散尽硝烟扬酒幡。从此孙庞恩怨了，
且沽佳酿与同欢。

柯元华（浙江）

古井留芳

黄海如图画，桃林景色嘉。

马陵存古道，圣井话奇葩。

王母蟠桃落，仙家美酒夸。

阆环真福地，无处不芳华。

李　夏（广西）

桃林酒

桃林玉液美如醇，一盂斟来两颊春。

百族同圆中国梦，何妨醉里乐天伦。

徐为冰（浙江）

长相思·咏桃林酒厂

两省连，马陵连。古镇桃林酒味传，风吹香满天。
老龙泉，甘露泉。甘露滋润佳酿甜，金银桂花妍。

羊志强（广东）

桃林酒

岭上清风拂容襟，绮霞千匹覆桃林。
散花堪织天孙梦，隔叶恍闻游子吟。
牛饮琼瑶心自醉，鲸吞碧月意难禁。
刘伶至此直须叹，江海何如酒海深。

李跃贤（黑龙江）

水调歌头·赞桃林酒

御赐金银桂，璀璨烁长空。桃园深处花灿，馥郁万千重。饮酒思源梦远，品味寻珍路阔，壑谷隐仙踪。科技经纶展，豆麦喜相逢。

龙井水，蟠桃核，热情融。江河勾兑，蕴涵历史话苍穹。日月灵光提炼，天地精华酝酿，放眼志无穷。美誉传云外，玉液醉清风。

钱圣南（无锡）

踏莎行·中秋致东海桃林吟友

年怕中秋，月惊十五。中秋十五偏重聚。清辉渐减月从容，繁枝就简年移步。

浅酌低吟，心闲意素。良宵一曲邀谁舞？高山流水望桃林，冰轮共慰思量苦。

张景芳（吉林）

咏桃林金银桂花树

落地生根古道旁，温馨一梦醉琼浆。
风铃摇醒金银朵，阵阵桂香飘酒香。

秦行国（贵州）

小重山·桃林小镇春色

流水春山飞落英。碧空涂霁色，雨还晴。何人素手
画丹青？啼鸟处，看细柳婷婷。

浅草净沙平。引佳人旧侣，笑相迎。桃林美酒短歌行。
风骤起，吹皓月繁星。

贺崇俊（湖北）

咏桃林酒

圣水龙泉汲半泓，桂花酿酒味香浓。
谁知一缕飘门外，醉得桃林满苑红。

胡　滨（江西）

题桃林酒

龙泉洗去烦千种，桂魄斟来韵几章。
此味瑶池谁盗得，马陵山下引流觞。

罗　广（浙江）

桃林酒

酒家何处寻，苏北至桃林。

望海楼中事，马陵山底心。

猴王邀一瓯，龙魄诺千金。

自此缘仙酿，醇香太后歆。

王兰章（江西）

咏桃林酒

马陵道口老龙吟，银桂金花骚客寻。

若问刘伶何处好？当今佳酿出桃林。

雨　晨

鹧鸪天·桃林酒

　　双桂扬芬和露鲜，幽幽古井话千年。九天大子偷仙果，一诺蟠龙溇酒泉。

　　香淡淡，味绵绵，琼浆总把逸情添。欣邀诗客黄昏里，湛月盈杯入素笺。

刘传耐（安徽）

马陵古道

　　马陵山景美，遗址展雄风。
　　齐魏今何在，渔樵谈笑中。
　　龙潭存古迹，细石赐顽童。
　　怎不桃林去，谁留酒半盅。

肖美钢（江西）

题咏桃林酒业

桃林汲得乳泉柔，酿出醇醪第一流。

玉井潜通龙穴脉，稔年频到桂花秋。

真传古法馏琼液，厚积蟠根作远猷。

此酒声名金不换，三杯压倒百千愁。

注：蟠桃、黑龙潭、金银桂等典故，出自当地人文历史资料。

李赟成（河南）

水调歌头·酒未醉人情字醉

天下一名镇，傍海有奇观。凝眸涛碧千里，鸥戏水云闲。回首贾商云集，簇簇花香扑鼻，红影势惊天。天赐好风景，游客正流连。

马陵道，金银桂，老龙泉。桃林佳酿，许多佳话古今传。几度名声鹊起，贵为宫廷御液，传说越千年。笑我不贪酒，今却醉容颜。

孙崇秋（吉林）

天仙子·咏桃林酒

古韵浓情香醉月，欲尝甘醇思更切。呼朋唤友去桃林，金银谒，酒甘洌，相伴知音诗激越。

莫增清（广西）

桃林镇试酒

有约欣然作客来，叙情不用赏青梅。
醉人正是桃林酒，时带桃香落满杯。

桃林酒

此酒情何状，柔中还带刚。
一斟杯未满，四座已传香。

魏静洁（武汉）

马陵山

几回凭吊马陵山，古道森森碧水环。
应是当年鏖战地，只今谁个识雄关？

程　平（武汉）

菩萨蛮·为桃林酒作

殷殷春意浓如酒，桃花一夜皆红透。绮丽女儿颜，依稀似少年。

江南春已矣，东海春无际。谁管四时风，桃林花更红。

杨　强（上海）

清平乐·咏桃林酒

小楼嘉宴，妙品春风暖。古镇琼浆斟客盏，叙饮入唇香满。

一觞好慰渊明，二觞足醉刘伶。为问谪仙何处？三觞邀月青冥。

王超群（湖南）

咏桃林酒（新韵）

谁取瑶池一段香，酿成美酒化愁肠？
千秋妙韵杯中取，万古清风醉里扬。
天绣流云为帐幔，我斟浩气作华章。
龙泉玉泻桃林镇，便引豪情注满觞。

李伟亮（河北）

水调歌头·桃林酒

借得杜康技，五谷酿传奇。千秋明月犹在，斜照水云西。张旭书中狂态，太白诗中气韵，凭此蕴生机。醉眼一声啸，回望楚天低。

商女琴，亡国恨，杜鹃啼。古今长叹，举盏之际祸常依。收拾盘飧愁绪，且约知交三五，小酌最相宜。偶做唐时梦，重写浣花溪。

张明军（江苏）

东海桃林酒征诗（新韵）

邻里有佳酿，焉能独自斟。
浓香十里外，古井几重深。
不醉桃林酒，怎知东海人。
我邀人共饮，口口问当真？

郭希汉（河南）

浣溪沙·桃林酒赞

东海琼花采半斤，龙泉圣水润三分，千年秘酿一壶春。
风过桃林香十里，开坛醉了众乡亲，八仙争做代言人。

李金明（河北）

端午饮桃林酒

吟诗把盏在端阳，惹得骚人意兴狂。
我饮桃林半杯酒，如今口颊尚留香。

罗金龙（湖南）

浣溪沙·咏桃林酒

馥郁名传万里闻，桃林曲比杏花村，老龙泉水酿尤纯。

风物更余香桂在，诗心敢望酒杯醇。便邀刘阮醉三巡。

陈双田（河北）

桃林镇咏桃林酒

仙酒因何誉，金银两桂香。
新枝凝玉露，古镇沐灵光。
泉水浮春永，桃林酿梦长。
赤龙当转世，倾盏共猴王。

孙付斗（河南）

咏双桂

生在蟾宫不染尘，移来百载尚青春。
未曾佳酿留人醉，早有花香先醉人。

潘一军（湖南）

赞桃林酒兼怀古

桃林小镇酒旗风，壶里乾坤各不同。
甘洌龙泉生玉液，阴森峡谷困枭雄。
琼浆痛饮三杯爽，丹桂柔开两树葱。
笑问逍遥何处去，马陵古道再朝东。

徐龙保（湖北）

采桑子·咏桃林

悟空扔下蟠桃骨，落地生根。遍地生根，树树摇红景色新。

人间确有桃源境，招引商人，吸引游人，雨顺风调四季春。

郭乃英（江苏）

赞桃林大曲

美酒曾经醉二娘，慈禧品后赞琼浆。

金壶装满桃林曲，小饮三杯梦亦香。

苏梦华（安徽）

咏桃林古镇^{（新韵）}

祥云紫气绕龙泉，佳酿频出四海传。

酒肆茶楼迎众客，山光水色醉群贤。

黑龙潭里鱼虾满，绿叶丛中瓜果鲜。

古镇雄姿今更壮，民丰物阜艳阳天。

王小娟（江苏）

马陵古道

放眼梯田曲曲盘，园林水库绣团团。
欲知古迹藏多少，须拨稻花香后看。

戴俊宝（江苏）

秋饮桃林镇

何处酣行乐？桃林小酒楼。
花途供晚醉，樽桂解秋愁。
玉液轻浮面，金波浅人瓯。
十分飞盏后，联句独风流。

陈月英（江苏）

桃林梦

千载流香美窖醇，幽幽梦绕说桃林。
怡然妙品龙泉韵，悠适欣观古道春。
一曲清纯涵史话，双湖俊秀奉晶樽。
迎宾福至如东海，丹桂熏馨涤俗尘。

吕可夫（湖南）

东海桃林酒

千古神州论酒家，桃林佳酿美名赊。
飞香散入西宫苑，竟换金银桂子花。

黄金肖（陕西）

桃林酒

甘洌龙泉随梦开，桃林一饮醉红腮。
清风何故亦陶醉，双桂分香轻装来。

邓超文（广西）

咏桃林酒

桃林胜誉越千年，香发醇醪上碧天。
世上流传珍品味，云中惊动李青莲。
人仙斟酌翻新调，诗酒相逢证宿缘。
乘兴邀来天上月，更当豪饮赋鸿篇。

杨建军（甘肃）

清平乐·咏桃林酒（新韵）

东篱置酒，呼月邀吾友。金桂开时香满袖，醉倒一天星斗。

桃林仙酿初成，浓芳唤起英雄：北阙请缨提锐，与君痛饮黄龙。

戴根华（苏州）

自费购买桃林酒有记

不添民怨不浇愁，不祭神妖不赂侯。
待到桃林花万点，不妨唤取钓诗钩。

张晋开（山西）

又赴桃林镇酒约

嗜酒生涯亦爱诗，马陵古道我来迟。

春风一滴桃花露，双桂秋来醉不知。

曾入龙（贵州）

咏桃林酒

味占人间誉亦扬，古今风韵不寻常。

可怜集得千杯酒，输却桃林一盏香。

张廷琢（内蒙古）

赞桃林酒（新韵）

王母蟠桃传玉音，今朝宴酒用桃林。
众神开饮方三盏，醉倒八仙吕洞宾。

赵国山（河北）

鹊桥仙

蟠桃仙品，龙泉神水，加上真情无价。酿成美酒最香甜，品不尽、风流佳话。

桃林镇上，桂花影里，又是金风良夜。宾朋共聚诉豪情，祝祖国、前程如画。

汲海旭（辽宁）

把酒赏桃花

十里香风在，千年古道斜。
人生寻浪漫，把酒赏桃花。

唐颢宇（江苏）

咏桃林酒

不必弦歌不必筝，更无物似酒多情。
泉中深霭缭云母，壶里幽香贮水晶。
一斗开怀登寿域，三杯入腹锁愁城。
马陵道上秋天树，又送醺风过客程。

史晓宁（湖北）

醉在桃林

马陵山向晚，沂水荡红霞。
美酒三杯醉，桃林是我家。

陈奕均（北京）

醉桃酒（藏头诗）

桃源郁酿醉淳香，林壑怎将仙品藏？
酒醒赤龙摇古井，味夺大圣闹天堂。
美曲御赞金银桂，名酏朝称玉琰汤。
盛世江山无限梦，庆功尤得借杜康。

陈　亮（四川）

咏桃林酒

妙品成佳酿，桃林万众歌。

醇香清肺腑，真味暖心窝。

一日不能少，千杯哪算多。

醉来呼太白，天地任吟哦。

王逊鸾（安徽）

浣溪沙·醉饮桃林酒

古道倾觞别有天，桃林醉卧似神仙，逢人且道老龙泉。

勘破壶天真实相，修来尘世后身缘，伴君小酌到花前。

卢旭逢（广东）

水调歌头·咏东海桃林镇

漫步马陵道，有世外桃源。长街十里如画，楼宇接云天。自古繁华胜地，多少才人商贾，东海竞千帆。老镇焕新貌，花树秀无边。

入桃林，斟美酒，饮龙泉。古今谈笑，孙庞恩怨付云烟。策马扬鞭追梦，泼墨挥毫描锦，教客醉流连。为赏金银桂，明月照无眠。

赵治安（江苏）

过桃林

桃林寻雅韵，对月饮三卮。
心醉水晶梦，情欢歌赋之。
龙泉清澈润，丹桂瑞香驰。
美景增诗兴，况乎佳酿滋。

李新革（辽宁）

初品桃林酒

久慕桃林美，今朝得一闻。
坛开芳气绕，心已醉三分。

吴国宗（浙江）

桃林酒

见说桃林酒，闻名已醉人。
开坛香十里，入口忆三春。
甘觉龙泉美，绵知风俗淳。
欲求陶令趣，东海莫迷津。

谢　毅（辽宁）

水调歌头·酒乡桃林咏

千载桃林秀，佳酿溢芬芳。悠悠源溯于宋，苏鲁令名扬。汲取龙泉神韵，醅入蟠桃仙气，启瓮地天香。赏赐金银桂，御口赞琼浆。

筛珍品、斟大曲、饮窖藏。缤纷红雨乱落，一斛醉春光。寻梦马陵古道，侑酒莺花美景，援笔赋诗行。太白飘然至，邀月共倾觞。

刘松山（湖南）

南歌子·桃林酒

水取龙泉酿，杯将玉液谢。当年太后最倾心，特遣金银桂树驻桃林。

酒鬼醒还困，诗仙醉更吟。高歌一曲意难禁，再把齐天大圣梦中寻。

罗衷美（湖北）

桃林酒

当年大圣醉癫狂，酒入龙泉风味长。
玉液蟠桃桂花露，直教山水有奇香。

胡方元（河北）

题桃林酒

世外仙醪何处寻，桃林古井酿春深，
人言夸父杖投地，今日嘉名日夜骎。

王　勤（安徽）

水调歌头·饮桃林酒

重走马陵道，情系老龙泉。香飘十里桃林，朝夕酌花前。今古茫然一梦，豪杰英雄何在？都伴白云眠，富贵等闲事，荣辱半由天。

赏金桂，邀明月，唤谪仙。古愁消尽，唯看诗酒两缠绵。望海楼间醉卧，笑指星辰北斗，不觉乐开颜。饮下杯中物，再活一千年。

张明昭（福建）

马陵道

曾闻减灶著奇勋，是处孙郎破魏军。
自古骄兵终覆败，唯余残照火烧云。

赵士祥（江苏）

与友人在马陵山饮桃林酒

半壶老酒览苍茫，一卷帘扉却暑凉。
最是白云随意兴，桃林酣梦与天长。

伏　滚（湖南）

题桃林酒_{（新韵）}

来寻美酒处，举步上桃林。
花气沾仙露，龙泉润客心。
取泉持作酿，盈露以为樽。
颊畔红云起，羞煞爱酒人。

题桃林酒

桃林水美酒流芳，许赐金银桂子香。
应使嫦娥轻玉液，人间更比广寒强。

陈宗乾（东海）

咏桃林酒

佳酿越千年，香熏一片天。
醇浓新技法，韵厚老龙泉。
才醉深秋月，尤思盛夏莲。
刘伶应未饮，愧做酒中仙。

赵春女（东海）

桃林佳酿

美酒何须好句夸，清香已自醉千家。

老龙一诺心泉溢，大圣频斟筋斗斜。

更有深宫皇太后，赐来绝世广寒花。

飞尘漫卷如梭客，直向桃林不惜车。

王其秦（东海）

咏桃林酒

窖藏珍品一瓶香，入口绵甜韵味长。

发力催圆小康梦，晶杯流淌尽文章。

尚秋艳（东海）

桃林酒赞（二首）

一

千年玉液出桃林，金桂添香待客斟。

天下琼酥无尽数，怎如老窖酿情深。

二

桃林十里绕龙泉，古道苍茫接远天。

佳酿千秋香四溢，桂花两树韵常传。

推杯自有诗潮涌，邀友能将义气牵。

太白如来东海宴，定留佳句满山川。

周益贵（东海）

赞桃林酒厂

桃林企业一枝花，坎坷艰辛要数他。
为国为民功劳大，经营诚信众人夸。

赞桃林酒

千年大曲誉天涯，香入城乡百姓家。
我醉高歌君莫笑，小康路上乐开花。

陈立业（东海）

渔歌子·桃林酒

美酒流传千百年。几多沽客醉其间。金银桂、老龙泉。一杯下肚尽欢颜。

刘长春（东海）

乐桃林

望海楼头凝紫气，黑龙潭水映桃红。
聆听胜地千秋史，再举马家琥珀盅。

桃林酒

陈年老酒似琼浆，会友桃园细品尝。
痛饮三杯人未醉，身心愉悦口留香。

杭建伟（东海）

和战友饮桃林酒有作

全国著名战斗英雄韦昌进到东海，设私宴，饮桃林酒，甚欢，
记之。

泉城战友莅东海，陈酿琳琅待客来。
久别重逢当畅饮，大危不死尽抛开。
杯中流淌龙泉韵，嘴角飞扬将帅才。
试问琼浆何处好，桃林美酒似茅台。

中秋饮桃林酒有作

桂蕊盈枝欲吐芳，中秋正好赋诗章。
新晴碧宇冰轮满，古镇酒家灯火煌。
山野佳肴飘美味，桃林玉液溢醇香。
放歌把盏朝天阙，一任今宵醉故乡。

俞爱祥（东海）

赞福如东海酒

桃林古镇出佳酿，千载悠悠醉鲁苏。
今欲乘风香万里，福如东海展宏图。

注：诗词中的 "福如东海"为桃林酒厂生产的一款酒名。

张斌才（东海）

咏桃林酒

一

马陵古道酒飘香，相聚宾朋共举觞。

三斗纵横天下事，仰天长啸出华章。

二

名镇千年双桂香，龙泉古井酿琼浆。

飞觞豪饮月同醉，直把桃林作故乡。

石守增（东海）

咏桃林酒

望海楼前美酒香，八仙个个欲先尝。
三杯不辨来时路，直把桃林作故乡。

马君山（东海）

咏桃林酒

一

桃林系列胜琼浆，醇厚绵甜耐品尝。
四海五湖来往客，推杯换盏叙衷肠。

二

举樽对饮韵悠长，只喜杯中琥珀光。
累月经年酌不厌，桃林大曲必珍藏。

韦春方（东海）

咏桃林酒

月上何来绿蚁香？嫦娥疑惑问吴刚。
一旁玉兔争先道，东海桃林酒味长。

花景云（东海）

桃林酒 （二首）

一

美酒名扬千百年，龙泉佳酿味甘绵。
英雄自古爱诗酒，把盏临风豪气添。

二

好酒店家何处寻，桃林老窖酿甘醇。
人人爱赏红花美，大曲纯香更摄魂。

杜建梅（东海）

美酒出桃林（新韵）

马陵山色映桃花，沂水渔歌荡晚霞。
美酒三杯能醉客，桃林一聚不思家。

李学文（东海）

咏桃林酒（新韵）

一

古镇桃林聚众仙，三杯过后尽开言。
当年李杜真犹在，那到吾帮露汗颜。

二

苦练真功年复年，花开花落未曾闲。
中华酒业千家好，咬定金牌欲占先。

张洪伟（东海）

桃林大曲

桃林老酒香，玉碗泛霞光。

时醉八方客，神州美誉扬。

刘　挺（东海）

人月圆·歌咏桃林酒

今宵身在桃林镇，更喜是中秋。诗人兴会，歌吟美酒，乐满心头。

人生百载，逢时须进，睿气当道。眼前事业，辉煌已至，凭智人筹。

咏桃林酒

龙泉一眼水清凉，却伴高粱酿醴浆。
甘洌醇和交口赞，桃林美酒誉城乡。

张经生（东海）

咏桃林酒

桂味解愁肠，相思是酒乡。
邀来一轮月，樽满待吴刚。

特邀嘉宾作品

钟振振（南京）

咏桃林酒

桃林古镇水长甘，酿得千年酒一罈。
豪醉不知天既白，畅销欲比海之蓝。
金银桂好荣其赐，冰雪梅宜携此探。
官禁严申民意惬，末妨假日共欢酣。

江南雨（北京）

过桃林镇

前村花正艳，昨夜梦含香。
拟借椒浆力，来寻古战场。
一杯天远大，百变事寻常。
回首马陵道，蜿蜒人莽苍。

题桃林酒业双桂

玉树金风美酒醇，桃林千载又逢春。
园中老桂亭亭立，笑看世间颠倒人。

题桃林酒

欲凭清酌润枯肠，百转龙泉别有香。
南北茂隆名占久，金银御赐桂成双。
曲生韵夺英雄气，浮蚁波莹日月光。
席间演绎风云事，笑说当年孙二娘。

汪凤岭（上海）

桃林酒

东海老龙潭，千年酿未酣。

桃林一杯酒，回味到天南。

张　弛（上海）

为桃林酒题句

天涯浪迹每销魂，诗卷笺毫杂酒痕。

梦里风光弥望眼，桃林美胜杏花村。

陈永昌（南京）

马陵道上

马陵道窄却逶延，穿越二千三百年，
今日吾来寻古迹，唯余感慨意悬然。

忆江南·咏桃林酒

一

桃林酒，味美韵悠长。清亮透明香气雅，甜绵
爽净赛琼浆，一饮不能忘。

二

桃林酒，北宋已登场。慈禧当年曾赐桂，赞云胜过
杏花香，从此美名扬。

注：晚清安徽总督马联甲曾将桃林酒进贡朝廷，慈禧饮后赞
曰："桃林胜过杏花村。"遂赐酒厂金、银桂树各一株。

舒贵生（南京）

桃林酒赞（三首）

其一

海西美境看桃源，红树芳林暖欲燃。

寿世酿春开瑞景，秋香犹共桂花妍。

其二

酿福舀来东海水，济时捧出老龙泉。

连云花果齐天乐，大圣归来作酒仙。

其三

马陵古道老龙泉，一脉温存千万年。

把酒桃林吾欲醉，吹云泼彩绘霞天。

李德身（新浦）

咏桃林酒

黑龙潭水似前身，酿化甘醇妙入神。
一滴抿来香透鼻，三杯饮罢作仙人。

赴"桃林杯"评委宴

十里香飘动客心，一壶春酿醉桃林。
金陵同道奇思逸，催问刘伶何处吟。

陈凤桐（新浦）

赞桃林大曲

一

福如东海酒，酒业一枝花。
深得英雄爱，香飘千万家。

二

中秋明月夜，骚客共举觞。
畅饮桃林酒，同登福寿堂。

三

桃林大曲传千载，管教李逵开畅怀。
十字坡前人鼎沸，今朝更见英雄来。

孙绩元（新浦）

醉饮桃林酒

欲饮桃林逢故人，一壶旧梦一壶春。
马陵古道杯中隐，龙涧老泉喉里真。
当比茅台五粮液，曾醺灌口二郎神。
人生能得几回醉？莫谓此身非我身。

饮桃林酒

水晶为碗玉为樽，畅饮开怀欲用盆。
东海月明人未醉，桃林胜过杏花村。

阮郎归·桃林酒

霞铺东海映桃园，疑为境外天。龙王上岸口流涎，醅香软且绵。

风雅客，啃壶沿，喉中回味一千年，人生今有缘。

刘畅征（新浦）

桃林酒

桃林醇酿美，微啜便怡神。

会得此中意，胸当无俗尘。

尚爱民（东海）

咏桃林酒系列藏头诗一组选三

福如东海

福寿绵延仁者昌，如冰似玉水晶乡。
东方大港名声远，海浪都飘美酒香。

桃林珍品

桃花开处酒香浓，林鸟惊呼人面红。
珍贵金银双古桂，品风养气又还童。

桃林窖藏

桃花源里漾春风，林下花容映笑容。
窖老百年真玉液，藏醅千瓮韵千重。

王希光（东海）

咏桃林酒

浩荡春风年复年，桃林玉酿九州传。
香弥京沪千秋史，名冠徐淮万户筵。
遣兴江公留墨宝，寄情南极结新缘。
星移斗转频添彩，欲与茅台相比肩。

桃林酒厂醉饮

流觞八月赋秋光，满院酒香和桂香。
莫笑酩酊颠倒语，须知乡酒胜琼浆。

注：桃林是笔者的家乡。

浣溪沙·访孙庞决战之地——独笼涧

咽石泉音伴鸟音,遮天蔽日木森森。无名荒冢野花侵。
箭矢觅来思激战,残碑读罢自沉吟。斜阳一缕上遥岑。

赵景华(东海)

咏桃林酒（三首）

一

福如东海味悠长,十里春风尽带香。
若问琼浆何处有?桃林老窖桂花旁。

注:"福如东海"是桃林系列酒之一。

二

莫怪猴王心大贪，皆因美酒引垂涎。
何须动怒闹天阙？仙酿早存龙卧泉。

注：龙卧泉，即老龙泉。

三

滔滔龙井誉神州，早有千年史册收。
昔日宫廷金口赞，今朝市井庶民讴。
瑶池莫若桃林好，美酒何须天阙求。
羡煞当年孙大圣，欲来东海度春秋。

陈宗照（东海）

癸巳中秋东海桃林诗会有作

丹桂飘香古镇行，群贤毕至效兰亭。
醍醐美味杯中物，骚客新诗厂内铭。
才赏清凉一明月，又邀碧落几新星。
人间天上情难了，共酿桃林盛与荣。

中秋月·桃林酒

桃林秋夜行，过雁一声声。
丹桂流香韵，诗乡醉月明。
新人才唱毕，老友紧和成。
问菊何时盛，东篱雅趣盈。

孔召芝（东海）

喝火令·"中秋月·桃林酒" 诗词吟诵会

日落桃林外，霞飞古道中。故交新友此相逢。坐对素秋清景，喜乐自融融。

漫啭歌喉巧，高吟韵味浓。放怀何事兴无穷。为有天香，为有月玲珑。为有百年佳酿，一醉豁心胸。

行香子·桃林镇

十里桃花，十里云霞。龙泉水，滋润奇葩。千年小镇，千载繁华。有金银桂，马陵道，卓垆家。

近惠苏鲁，远誉天涯。桃林酒，独占风华。八方商旅，宝盖香车。恋眼中景，瓮中酒，杯中茶。

行香子·桃林酒

古马陵边。旗旆高悬。桃林酒，酿以醴泉。传承千载，爽口绵甜。更解其乏，消其渴，去其烦。

引来刘阮，醉了青莲。只三碗，气足神添。忘形得意，对月蹁跹。欲斗千巡，吟千首，奏千弦。

王家麟（东海）

桃林酒三咏

一

古道名泉老酒村，曲香颠倒大乾坤。
几多沽客桃林醉，梦里犹呼来一樽。

二

十里清风送曲香，古泉甘冽酿新芳。
痴迷多少风流客，唯觉壶中日月长。

三

龙泉甘冽水流长，酿得桃林郁八方。
纵是金银桂花树，也输珍品几分香。